歌集

九十九折

小林幹也

飯塚書店

九十九折＊目次

III

Ⅳ

歌集　九十九折

机竜之助は、軒をめぐる雨滴《あまだれ》の音を枕に聞いて、寂しいうちにうっとりとしていますと、頭上遥かに人のさわぐ声が起りました。

しとしとと降りしきる雨をおかして、十一丁目からいくらかの人が、この谷へ向って下りてくることが確かです。

見上げるところの九十九折《つづらおり》の山路から徐《おもむ》ろに下りて来るのは、桐油《とうゆ》を張った山駕籠《やまかご》の一挺で、前に手ぶらの提灯を提げて蛇の目をさしたのは、若い女の姿であります。

中里介山『大菩薩峠』「無明の巻（一）」より

I

身の丈

若干名てふ急募貼らるる店先を冬の陽しばし立ち停まり過ぐ

石垣に黒きフィルター大小を立て掛けてゆく年の瀬模様

名を呼べば照れて逃げゆく猫の背を追ひて春の陽はや懸け樋まで

元旦のめでたき朝の浴室を解凍途中の鱈が占めたり

献呈の短歌雑誌にちらほらと春の日射しの温もりがあり

初詣暖簾の下を日陰より日向に移る林檎飴（小）

春くれば祖母と土筆をとりし野に記憶の日射しゆるりともどる

駐輪場に捨て置かれたる洗濯機ななめに水が溜まつてゐたり

ロシア語に挫折せし日の曇天がふたたびよぎり『外套』しまふ

待ち針を裾に手早く刺す人を棒立ちのまま見おろすわれは

身の丈に合ふ革財布見つからず元町高架《モトコー》下出づれば春の風吹く

送電線の向かうに夕暮どきがあり妻は花屋に立ち寄るといふ

礼状を投函したり夕闇に名まへの知らぬ花が咲いてゐる

真夜過ぎて化粧直しをするごとく短歌の添削つづける窓辺

卒業式次第の行間

バスケットゴールの下に紅白の垂幕を張る卒業の朝

講堂の窓より隣のマンションの室外機見る祝辞聴きつつ

パンフレットラックと観葉植物の葉が擦れ合へり弥生の風に

ブラインド越しの日射しか烏羽玉の髪かき上げる女の指は

救急車の音漏れ聞こゆ在校生送辞が半ば読み上げられて

ぽてんヒットといふのだらうかもらひ泣き卒業式次第の行間

旧校舎取りこはすときはぜる木の香にのりうつる狐の影よ

シャーロック・ホームズあるいはすみれ咲く丘にぼくらのうづめし秘密

からからから車輪がまはる　夙川の桜をともに見し人も去り

ピタゴラスの思想も春の日射しさへゆがめ川面はいにしへ映す

『細雪』の姉妹も乗りし阪急の車窓に昔の春よぎり去る

貴種のたましひ

チャルメラのあかりがほのか土手照らす水無瀬の闇のふかまるところ

木屋町通り暮れて柳を仰ぎ見る同じ暗闇見し人偲び

室外機並ぶ伏見の路地裏をときをり幕末志士の碑挾む

商店街はづれを欅の木が覆ふ我慢ならざる平凡があり

太鼓橋少し大空持ち上げて確保してゐる神の通ひ路

金網の途切るるあたりに水溜まる古き祠はゆがんで立てり

浮島の謎はさておきなほ澱む落武者の首洗ひしところ

血を含む脱脂綿のごとき夕映を錦林車庫ゆきバスより見たり

鬼の貌貴船の甕に映れるを母にも告げず帰る薄暮よ

ひとに見せざる内すら金の金閣寺　ひとにあらざるひと待つかたち

巨椋《おぐら》池貴種のたましひ埋められて火を吐く獣の皮膚のかをりよ

四百年後の慰霊祭

暑くなる気配を朝の境内に感じ偲べり真田幸村

榛名山の春の山裾駆け降りる真田蜻蛉揺らめきて消ゆ

来ぬ人を待つ又兵衛のこころまで未だに晴れず霞む渓谷

冷蔵庫の扉の裏より牛乳を取らば映画の朝を迎へる

ローソンにてしばし涼まむちはやぶる神社へ続く猛暑に備へ

石垣に座し掃除夫は煙草火をささやかながら慰霊となして

土木作業休憩中の男らの横擦り抜くれば朽ちたる神社

プラスチックのアイスカップが泥かぶる神社に抜くる径の半ばに

石段の崩れに淡き日は射せり恨み薄るる歳月のうち

ジョアン明石の行方は未だ知れぬまま船場ことばに鼻音が残る

打水の流れゆく先目で追はば秀頼公の落ちゆく西土

五月晴れ城址公園上空を自衛隊機がのんびりとゆく

麺つゆは山葵に濁りそのかみの戦乱映せし川面の翳り

詰襟の男子降り来るその先の砂塵に霞む真田丸址

石壇に鳩舞ひ戻る嘴に噛み砕き得ぬ念仏ふくみ

濃霧にて延着したる近鉄線もはやホームに又兵衛をらず

茶臼山敵陣址に立てばほら枝の合ひ間にあべのハルカス

伊万里の喉元

砕かれし壺の破片か信仰か伊万里の窯の址に散らばる

十字架が白地に青く浮き出づる伊万里の壺の喉元あたり

ザビエルの汗も十字架《クルス》も燦々と輝く薩摩の日射しを受けて

壺の縁へ戻る筋あり伊万里から景徳鎮への潮の流れか

目覚むれば景徳鎮の町並みは消えたり棚に埋もるるごとく

黙禱のまぶたのうらに天草の海へあまたの橋がつながる

古伊万里の底の部分にやはらかき春の日射しは触れ立ち去りき

いづれわれらも異郷に故国を重ぬるかグラバー園にあぢさゐが咲く

十蘭調天竺嬉遊曲

ヨーロッパの町並み映す水たまり毘沙門天を底にしづめて

洗濯物が紐で吊るされ揺れてゐる路地の谷間を射しゆく記憶

煉瓦造りの館《やかた》の壁をしづしづと這ひ上がりゆく蜘蛛と野心と

道端に犬が寝そべり腹をひりひり波打たすネパールの春

領事官ぱちり藪蚊をまた叩き自らの手を血で汚したり

掃除婦がとなりの部屋まで迫りきて身繕ひとて拭ふ血痕

阿片吸引器を絨毯へと取り落とす夢の浮橋途絶ゆる春は

ひとの顔髭を剃らねば出でざるを神父も熊の顔のまま寝る

寝つけずにまた水を飲む植民地帰りの医師の翳りのごとく

管理職ばかり膨らむ組織図の雲間によぎるあしひきの山

ムゴンカーチャといふ女神像湖畔より掘り起こさるれど災ひはなし

アフラ＝マズダとアフロ松田のあはひなど雲散せよと啄《ついば》む鴉

石畳に素足をそつと重ぬれば仏陀の時代の初恋よぎる

明かる過ぎる神の図柄よぬかるみの上をゆるりと越ゆる青天

補陀落

賽銭が板すべりゆき闇に落つ補陀落《ふだらく》渡海僧の逝く闇

水をバケツに溜めゆく間にも補陀落の舟はこころの岸辺に着けり

見送りの僧らの素足洗ふ波晩餐の日のイエスのごとく

補陀洛山寺詣でたる日のぬばたまの夢に水着の僧侶が歩む

月光に石碑が浮かぶたまのをの絶えし僧侶の没年刻み

手水鉢を縁取る竜が剥がれ落ちここより神の発つ音ひびく

客足の途絶え廃墟の温泉に未だやまざる川のせせらぎ

枕詞は滅びゆくのか　鯨《いさな》取《と》り海に再び黒船を見る

溺死せし拝焉《ばぶありあ》王の網膜に映りてゐしか湖上補陀落

わが叔父はイエスを嗤《わら》ふ舟底にこびり着きゐる貝刮《こそ》ぎつつ

砂利を踏む音にわれにとかへるとき海の記憶に小舟が沈む

鳥居載せたる舟のいびつさ炎天下ふき出づる汗を拭《ぬぐ》ひつつ見る

いまだ奇跡の起こらざること訝《いぶか》しみ崖より下の海を見おろす

沼に沈む悲しき馬の嘶《いなな》きを聞きてあわてて絵本を閉ぢる

ラグビーの選手犇《ひし》めく底なしの沼へずぶずぶ沈む溺愛

闘犬場の跡と古老のいふ浜に立てばこまかき砂舞ひ来たり

母のやうに鳥居の赤はいつまでも船尾の窓に小さく残る

II

九十九折

ことばならざる以前のことば揺らめきて土鍋の底に沈む米粒

炊飯器洗ふ女中の手の甲に朝の日射しが踊り続ける

風呂場にてタイルのかけら積み上げる賽の河原のごとき日射しに

ふりむかるれば夢は途絶ゆる　すみやかに描かむ美姫の背を走る湯を

部屋に戻り受話器を取ればよぎり去る化粧の厚き君の頬擦り

身のうちにゆつたり銀河流れ落つやつぱりあなたを赦してしまふ

こころやはらぐことば　葛城山中の闇を切り裂く湧水のおと

またふりだしに戻されてゐる朝があり『サラゴサ手稿』棚に寝かすも

鈴鹿峠に乗り捨てられしトラックに木漏れ日が射す泥をなぞりて

わが人生日向日陰と入れかはる九十九折ゆくバスに乗せられ

取りかへしのつかないことがまざまざと日にさらされる峠の道よ

バス酔ひにことば少なになるわれを窓の向かうの芙蓉が笑ふ

しらじらと伽藍すべてが色褪せる遠き日の図が夢間によぎる

にぎやかに死者らの語り合ふ声を浴びつつ歩む奥の院まで

楠に覗き込まれて地図陰るここを聖地と告ぐる声聞く

見上ぐれば杉の上枝ばかり揺れにはかにガイドの声が遠のく

聖域を汚せる人も受け入れて鳥居の影は長引いてゐる

板踏めば下はぬかるみ足もとが沈み地霊の産声《うぶごゑ》を聞く

古代史の眠る山かげまたの世も俊徳丸とすれちがふ場所

さるすべりの説明長き禰宜死にて木漏れ日が射す旅程の間にも

神の加護得むと押し寄せたるひとに畝傍の山すそ食ひ尽くさるる日

不思議なくらゐ山の斜面に日は射せり大津皇子も孵化するころか

お供への卵ひと呑みしたるのちに背《そびら》を向けて眠る三輪山

樟の葉を揺らす風やむ思想書に栞を挟み立ち上がるとき

ほととぎす声のありかをさがす目に古き暦の端はめくれて

茶摘み歌親から子へと受け継がれ幾代か御霊《みたま》の眠れる上を

花隈の病室

うすぼんやりの病棟の灯はわが頰を撫でゆき机竜之助へも

無脂肪乳の軽きのどごし早朝の硝子に反射す病室のなか

二十歳より降圧剤を飲み続けわが身に潮の満つ日は来るか

われ何をやり遂げて果つ　ゴーギャンのタヒチのごときけだるさのなか

重機扱ふ音を窓より遠く聞く埋め戻さるる木々も記憶も

無精鬚撫でつつ歌を整へて病床のときじりじりと過ぐ

朝とともに拡がりてゆく境内をただ見おろせり病室にゐて

しづしづとロープウェイでくだりゆく開国派の夢趾にとどめて

水滴の零《お》ちゆく窓に時とまる花隈城の石垣もまた

希望といふには明かる過ぎるか　コンビニの光こころを照り尽くしたり

階段工事未だ進まず地底より風噴き上がる花隈の駅

台湾　二〇〇四年

未練ともいふほどの陽か　うぶ毛抜く糸をあやつる老婆に射して

天界と見まがふばかり浴室を出でて岩根に腰据うるとき

山腹の広場に路線バス溜まる午後へと向かふ陽にあぶられて

運賃を払ひ過ぎたることなどが記憶の枝にとどまる舗道

甘過ぎる飲料水をもてあまし温泉宿の女系譜たどる

かつて軍靴の乱れし床か温泉の脱衣所の板いたく冷たし

湯の音の合ひ間に漏るるをんならの噂話は宵に咲くもの

なぜか的をはづしてばかりぐらぐらとトマトの赤の夕暮煮えて

竜の首それより長き髭そよぐ老いの結界踏み越ゆるとき

根菜類を食する地域と食せざる地域の際《きは》に沿ひゆく日射し

温泉にほてりたる肌さますため枯れ木も山のにぎはひ公園

異郷

司祭服脱ぎたる司祭三人《みたり》寄り天へ、天へと凧を導く

桜桃の種を吐き捨て見上ぐれば朝鮮凧の中心に穴

婚礼の祭に紛れ込む牛の反芻してゐる過去のときめき

朝倉はかつて朝闇、音読みにすればはるけし長安浮かぶ

かつて女帝の荼毘されし地を対岸に臨み原鶴温泉煙る

復元の三連水車に初夏の日は射し返されて水を散らせり

帰化人の里にしづけき風もどるすめらみことの遠征終はり

幾度目の神の死なのか丘陵のまるみに沿ひて列まがりゆく

桜桃忌

中庭に抜けゆく小径うちしめり祖母の育てし菖蒲がかをる

山の冷気が肌奔り過ぐ六月の傘の合ひ間に紫陽花覗く

神主の取り落としたる幣流れ滝壺にいま朝の陽映ゆる

婚礼の遅き日射しよ雲間より棒読みに射す新婦の答辞

さくらんぼタルトの縁の襞ほどの恋を指にてなぞる老婆よ

数珠つなぐ少女の遊び途切るれどまた老年にめぐり逢ふもの

ムーミンが傘差し歩く背景に何気なくあり電話ボックス

目覚むれば車窓に過ぐる踏切にインド更紗の長身立てり

玄米をカレーの沼に沈ませて旧王朝の地層を崩す

マシュマロを焼けばどろりと初恋を秘めたる杜の樹液のねばり

桜桃忌はや過ぎ何ぞ遥かなる水路をへだてそよと動かず

天橋立

京都駅はしだて5号の停まりたるところは暗く山陰本線

いつのころの映画か莫蓙の模様よりぼんやり紳士の休息照らす

浜辺にて弁当蓋を閉ぢる手の動き浦島太郎を模して

焦がれ死にたる御霊か邪鬼かどこまでも遊覧船を追ひゆくかもめ

時刻表の隅に手あらく書きつけし短歌《うた》　青春のいがらつぽさよ

切れかけのこよりか　天橋立を子に見せたがるわがうたごころ

いくつもの和歌をつくらせ細りゆく天橋立夢間にかすむ

崖沿ひに張らるるネットきはだたす月のひかりはまがまがしくも

ガス管

迢空と金髪男が談笑すいづこの町の夏の縁側

大仏パーマあてたる老婆蠢くを公団団地の窓に認めて

路線バスの窓枠青く錆びつきぬ送り火前の雨をしのばせ

木製の煙草ケースに整然とわかばばかりを並べし祖父は

愛犬家の祖父より遠く隔たれて団地に住まひし母の昭和よ

八朔は和尚の名だよとかたりつつ父は子どもに皮をむきたり

かつて有害図書にされしもかぐはしく薔薇は花瓣の縁より腐る

歌詞カード抜き盗《と》られたるレコードを知らざるままに借りし昭和よ

青春はベッドの下の鉄唖鈴、覗けば昏く定位置にあり

かつて螢が見えしといへどガス管の下を流るる水路の陰り

モーセを拾ふ女の衣装きらびやかかがめば川面は輝きに満つ

桟橋のペンキ塗り替へゆく男映し白黒フィルム途切れる

銃声に振り向く君はみづからの踏む土に血の落つるを見るか

飛翔する夢見しことなど語らひて君は桟橋歩みゆきたり

明け方の波のきらめき頰に受くいまもヨハネはわれを見据ゑて

羊水に沈みし記憶よみがへる洗礼を待つ列に並べば

大工ヨゼフの額《ひたひ》ははげるわが子への思ひあらはにせぬままふけて

桟橋の上より霧が濃くなりて世界の果てにゐる寂しさよ

司祭館裏手の池に棲む亀の年齢騙る老掃除夫は

犬橇に牽かれ記憶の果てに消ゆ植村直己の丸い背中よ

尾道　一九九一年

日陰にてペットボトルの水ごとり落つる音より夏始まれり

ボランティア・ガイドの抑揚近寄りてやがて遠のく夏のそよぎに

山上の鐘楼照らしその歩調ゆるませ歌碑を撫でゆく日射し

前売券ありますといふ貼り紙もはや色褪せて画廊の壁に

砂浜に突き出だしたるモニュメント日暮れて影を延ばしゆくなり

海へかへる風の道あり読みさしの井伏鱒二著『さざなみ軍記』

出港前の時間がゆがむ土産屋のガラスを背にし立つゆるキャラに

六波羅風の御髪《みぐし》崩るる潮の香にぎしぎし軋《きし》む渦《うづ》の漆黒

こころに芽生える悪摘み取れず薄明の湾に発動機船が浮かぶ

缶ジュースの口にて煙草つぶすときこころに暗き池がひろがる

陽を浴びてほろほろ崩るる亡霊か　ところ狭しと並ぶ吸殻

ささなみの志賀直哉邸　この辺り路上に潮の香溜まるところか

志賀直哉旧宅を過ぎなほ下る夏の日射しを肩に浴びつつ

化粧室の女を鏡ごしに見て声もかけずに夏立ち去れり

III

クロノスの矢

提灯を消せどもゆるり艪の音が水に伝はりこの世の終はり

咎なくて死する者らのうすら笑みイエスも相楽総三もまた

向かう岸を歩める机竜之助クロノスの矢は突き刺さらずに

エッシャーのだまし絵のなか洗濯の老婆は何度も桃を拾へり

小坊主の背中の琵琶はうつむけり世界傾くならおのづから

だまし絵のなかをシマウマ歩みゆく胴が消ゆれど意にかいさずに

わが夢路ふさぐ巨体の蘇我入鹿日焼の肌を袖よりさらし

電源を入るれば冥土　蓮型のパネルにほほゑむほとけが映る

開閉式堤防の写真をピンでとめ研究室に人のいない日

袖口に蛇の絡まる刺繍あり雷雨の窓に映りては消ゆ

『大菩薩峠』をまたも蒸し返す初老の男と蒸し風呂のなか

雪洞《ぼんぼり》がお城にあがる前《さき》の世に嫉《そね》まれ果てし女のために

厩舎ごと包む業火にほてる頬また『大菩薩峠』に至る

船宿の二階襖に隣室の宴が映る夏の終はりに

浮き沈む

遊覧車の胴体朝の光受く夜勤バイトの帰路見上ぐれば

雑誌から眼を上げ揺らめく水の影朝の床屋の天井に見る

ブランコの児童消えては顕はるる路上駐車のバックミラーに

笹舟を母と浮べし日射しへと近づいてくる私の年齢

宇曽利湖に嘘の破片が浮き沈む時代の陰りに見えにくけれど

また羽衣の哀話生まれる　みづうみを万一きみがふりかへるなら

妹の部屋に忍びて万華鏡覗けば崩るるアッシャー館

背中から孔雀の衣装脱ぐ男その豊かなる剛毛恥ぢず

消去法より漏るる滴《しづく》に腐りゆくベーカー街の木造建築

日暮どき波間に浮標《ブイ》が見え隠れ晩夏の恋を占ふごとく

飲み終へてケースに戻す炭酸の壜にとどまる夏のふるさと

水洗ひてふことばに父の威厳あれ親指を立てホースを潰す

また一輪パラソルしぼむ砂浜を見下ろす旅籠二階の窓に

海沿ひの商店街もさびれゆき低く有線マイ・ウェイ流す

腰でリズムをとるコーラスの老婦人太きその身の置き所あれ

血管が浮き立つ恐怖映画《ホラー》を観たるのち車窓に火星を眺めて帰る

蛍光灯のひかりがラップの上滑る夜更け重たき扉開けば

薩摩芋の皮がぴりぴりレンジにて踊る残業のちの空白

酒蒸しの浅蜊蠢くまぼろしに夜更け目覚めて冷蔵庫見る

首吊りの死骸が懸垂台に揺れ遊具がひとつまた減る公園

夏草の茂吉

扇風機ものうげに首をかたむける本館守衛室を覗けば

足へぐうとよぶんの力込めて立つぶあつい本をコピーするとき

筆記試験つづく校舎の硝子窓フランス映画の温もり宿す

窓ごしに見まはり教師の歩む影映りては消ゆ夏の教室

わからなければ眼鏡をはづし磨きゐる生徒の肩の稜線ほそし

履歴書のなかに見知らぬ君浮かぶ　真夏の校庭陽炎ぞ立つ

嚱《しやつくり》のとまらぬアリストファネスより距離を置きたし席替へのとき

こら加藤つて叱らないで！と加藤いふ母の再婚腑に落とせずに

かぶせるやうに叱りたるのち沈黙の窓に飛び立つ鵯《ひよどり》を見る

池に浮く葉は水底《みなそこ》を隠したり師の含羞《はにか》みて色付く言葉

セミョーンと呼ぶので蟬がミーンと鳴き夏の線路の暑さがよぎる

天空はおそろしきほど黄に染まる弓の稽古を終へるころあひ

夏草の茂吉の匂ひ鉄棒に残る下校のメロディ鳴れど

化学記号の消し残しある黒板に照り返したり生徒の本音

トーテムポール

バスは丘陵地帯をゆるりまはりこみ師の亡くなりし病院に着く

門柱の隣にトーテムポール立つわが師の逝きし夏の病院

出世欲わづかに澱むその淵のうへ吹き過ぐる夏の夜風よ

犬塚信乃の取り落としたる宝剣を隠しそよぐか犬蓼の穂は

ガルシンを読みし歌人もゐると聞き温もりの増すベランダの柵

呼鈴の壊れたるまま別荘の秋は深まる師の余生はや

彼岸にて名声さへも折り返す芯の黒ずむ向日葵の花

カメレオン・サーモメーター剥がしたる痕《あと》靴箱の木目に残る

生涯に千五十一の橋渡りルネ・マグリットは馬車を降りたり

落ち葉舞ふころの図書室　追憶はひらけばはらり落ちゆく栞

ヴィラ・デステの棕櫚《しゆろ》低かりしかの日へと遠のくアリオストの足音

半旗

戦勝の祝ひとともに生まれたる銘菓　哀しき華やかさあり

博物館行き止まりの部屋つつましくダ・ヴィンチ素描に照明当てず

ウォータールー駅にたなびけ夕靄よ金管楽器の音色とともに

「バルバラ」を聴く　軍港に育ちたるわが師の暗き青春思ひ

扇閉ざさばまたちがふ世の地獄図へ巡るか居間の書棚に『波瀾』

短歌などつくらなくてよい午後が来る蓮の花瓣が黒ずむ夢に

若き歌人の群れより数歩間を置きて欅の下に佇むわれか

修験といふ題字の剥がれに目が留まる昼の古書店立ち去るときに

幅跳びの少女の腿《もも》に日は射して父はテレビの電源を断つ

裏切りは究極の愛とただそれだけ言ひて黙せり師の 餞《はなむけ》 よ

前衛は反旗にあらず半旗なり亡き人慕ひ咽《むせ》べ挽歌を

河川敷ラグビー

触るるだけで痺《しび》るる茸あると聞き芝生の覆ふ堤防を越ゆ

橋脚に堰き止めらるる水の嵩　ゴッホの筆のごとき厚さに

ゴミ箱にねぢ込まれたる自転車のスポーク昧爽《あけ》の陽に照らされつ

ラグビーの猛者《もさ》倒れたり基督《キリスト》もかつて接吻《くちづけ》せし地の上に

悲しみも折り重なるか　大地より起き上がれざる猛きラガーら

たどたどしきホルンが空気を震はせる　河川敷とは朽ち果つる場所

地面よりラガーをひとりづつ剥がしつつひにあらはにせらるる緑

ちよろちよろとしか出で来ざるシャワーにて猛きラガーは傷洗ひゆく

クラブ室に古墳のごとく乱立す脱ぎ捨てられたる制服の山

柔らかき芝を踏みつけ渡し場の跡地に到り対岸を見る

夕凪の浜辺を歩く　をみなごを服従させたき昂ぶりやまず

橋裏のボルトなど見る照れくささ未だ河口に到らぬゆゑに

懸垂台のペンキが剥がれたるままに武庫川公園冬に入るべし

河川敷ともに歩みし人おもふ　水に波紋がひろがるやうに

甲山讃歌

らせん状に送電線がゆつくりと日暮の甲山のぼりゆく

園児らが山猫さんと呼ぶ人は山根さんだと知る夕まぐれ

修道院裏の水路も干からびて腐葉貼り付くいつの時代の

鏡文字描きて冥府のダ・ヴィンチと交信してゐる幼きまなこ

「パパの欲しい物はなあに♡」と聞かるれば鸚鵡返しに「干し芋…」といふ

「抹茶味がいい♡」と言ふのを休日の父にはマッサージにしか聞こえず

結末を聞かざるままに眠り落ち童話のなかの浜辺を歩む

胎内で逆さブランコ漕いでたとむすめは言ひきある昼さがり

カレー屋の亭主の勘定見守れる真鍮の象レジのうしろに

河童の棲む公衆トイレその前を通らなければゆけぬ楽園

断崖《きりぎし》の隙間に萩の花が咲く　実朝もまた隙間の花か

庭走る栗鼠よりそのかみホームズの訳に苦慮せし故人がよぎる

雲梯を握るこぶしは震へたり真下に架空の池をひろげて

しやがんではまた花の名を読み上げる植物園にをさな児とゐて

Ⅳ

サーカス

はよ売れやの怒号も歌曲に掻き消されサーカス小屋に伸びゆく蛇行

万国旗ばたばた騒ぐ雲の下蠢く列ぞ夢にさへ見る

ぎこちなく正装したる叔父の背よアントン・レーダーシャイトの素描

手を曳かれ最後尾へと並ぶとき雀しきりに梢より鳴く

木材を肩にて担ぐ男過ぎバルチュスの『街』いま申《さる》の刻

サーカスの簡易トイレは冬の陽を受けて背後に人影映す

期待昂まる速度に合はせしづしづと迫《せ》り上がりゆくブランコの綱

ピラルクてふ大魚を吊るす綱きしみぐらぐら沈む南米の陽よ

薄ごろも纏へど媚びぬ表情を軸にて廻れおまへもサロメ

悪臭の溝にネオンは映り込み永井荷風の霊とどまれり

アルファベットの文字ひとつづづ拾ひ上げ光落つればＣＩＲＣＵＳは幕

心地よき倦怠

悲しいくらゐつまらぬ映画観てのちは高層階の喫茶のお茶を

キャベツきざむ女の鼻歌　遠き日の倦怠それがいまは恋しき

夢の沼へわたしの死体流れつくナイルの源流さがし得ぬまま

ジュール・ヴェルヌの気球の下にあかあかと人喰族の舌がもつれる

風塵の向かうにキリンの首が揺れ砂漠の女の肌塩辛し

白昼に侘助が落つ　闘牛の角にてしばし運ばれてのち

ドン・ホセが密輸にその手染めし日の夕暮に似る鉄柵の影

銅版画鈍く光れり虐殺のありしかの日も酒場にかかり

正面にな立ちそ君も搔き消されむ酒亭《バール》フォリー・ベルジェールにて

寒村にひたひたしのぶあかるさを恐れルオーは青塗りたくる

パチンコの玉が銀盤転がりてアドルフ・ヴェルフリ世界一周

アルプスの麓の村は寒し「死の舞踏」の絵へと人がむらがり

ふくろふの首が一周するうちにくまなくわが身をさぐる税関

新聞をガサッと畳み網に入れ眠れば窓の向かうに冥土

鈴慕の音色

藤九郎《アルバトロス》の重たき胴体かつて君と朝寝せし日に影をさしたり

雨上がりの長浜の町わが脇を宅配トラック擦り抜け去りぬ

折り畳み傘の袋に皺寄らばもう秘めごとも綻ぶころか

ジャズ喫茶次の演奏待つときに紅茶茶碗のこすれ合ふ音

倉庫跡の喫茶に吊るす枝型装飾電球《シャンデリア》乱歩の時代を小さく照らす

前掛けのポケットから火をつまみ出しマダムは過去を煙に巻きたり

商人のやさしさそしてそつけなさ長浜育ちの女と別れる

やましさがこころの底へ堆積す　ウォッカにゆつくり胡椒は沈む

関ケ原にて遅延と白き電光が黒を引き裂き流れてゆきぬ

路線図を見上げて君の住む町に思ひ馳せたり宵の駅舎に

白葱のその襟許は崩れゆき欲情もたげる冬の燗酒

お互ひに子どももできてと呟きてそのあと黙す冬の車窓に

長き手足を狭き座席にうづめつつ外国の子は帰りゆくのか

嘘をつくこの口腔を知り尽くし目元ほほゑむ歯科衛生士

セーターと黒犬の毛がからみ合ふ睦まじきものの越冬よあれ

牧水論埃をかぶり出で来たり山荘階下の談話室より

暖房に眠け膨らむ眼前を驢馬に跨る耶蘇《イエス》が揺れる

近江の町の葬儀

いつの世の皇子《おうじ》はここで牡丹花をめでしか志賀の古刹の桟敷

夜も更けて記憶爪弾くオルゴールやがて足どりゆるませとまる

遊覧船その前《さき》の世を偲ばせて塗装の下に透けるロシア語

汗じみをやたら気にする叔母上と近江の町の葬儀に並ぶ

志賀の海越えゆく尾灯のつらなりにあるはずのなき記憶浮き出づ

あでやかなる歓楽の世に囲まれてそこのみ暗し志賀の湖面は

ふくよかにはづむその実の白きこと茘枝の皮を爪立て剥けば

几帳面にきぬた切りゆく指先のふつくらまるみを帯びて人妻

先に発つ叔父見送らず義母はただキャベツスープをかきまはしゐる

遺族らのこころの影を映さずに底に沈むる琵琶湖の夜明け

恨まるることなく生きるわが面《つら》を見返しもせぬ琵琶湖のよどみ

墓地の隣の薬草園

斎場へマイクロバスはのぼりゆく窓にもみぢをちらほら見せて

リノリウムの床から砂利の径《みち》に出で義父の骨壺持ち直したり

斎場の待合室は混み合へり親族間の隙間を埋めて

親族の動向を目で追ひつつも思ひは炎のなかなる棺

アメリカの義弟は葬儀に間に合はずカーブミラーに宿る月影

葬儀屋の暗き廊下を照らしたり自動販売機の薄明かり

薬草に死者のたましひ宿るころ修学院墓地しぐれてゐたり

文学碑見落としたるまま南禅寺下れば朱き南天ひかる

失業エレジー　二〇〇八年

さきの世にたぶん救世主《メシア》と呼ばれゐし男とならびフラミンゴ見る

ポンピドゥー・センター展出でて立ち竦む冬の沼地がひたひたとあり

展示室の説明板に誤植あり惰性のごとく照る灯のもとに

モニターを取り巻く人の頰青く照らしガイドの音途切れがち

事務室にならぶ机が墓石へとかはる解雇を言ひ渡されて

そそくさと朱肉を勧め目を逸らす人事部長は狭き部屋にて

解雇言ひ渡されし身ぞしかと見よ君の枕頭立ちゐるわれを

おとづれることもはやなき本社ビルその硝子窓夕陽を映す

父の失業知らざるわが子満面の笑みにて迎ふパパおかへりと

羅生門の甍を叩く雨粒に聴き入るわれも失業者ゆゑ

しばらくはお金の心配いらないと妻はささやく子を寝かしつけ

バスの背はがたがた揺るぐ面接で交はせし言葉反芻させて

ぼくの夢今朝は雪の駅舎よりそこのみ黒き線路見ること

見上ぐれば夢のほころびぽつかりと空く雲間より青空覗く

人ごみを避け路地裏を歩むときかつての上司と鉢合せたり

星のない晩にみかどと落ち延びて佐用の河原に降る白雪よ

銀盤に失業者の群そぞろゆく映画のシーン、また夢に見る

髭面のふたりが線路の砂利を踏み振り向きながら炎天に消ゆ

かつて読みし記憶の足跡たどりゆく『バスカヴィル家の犬』のあらまし

故障中の札貼られたる製氷機ホールの端で冬を越しゆく

事件解決ほど遠き日はホームズのヴァイオリンの音ももだゆるばかり

また夢は結ばず犬の鼻息にまみれて終はる『鏡子の家』も

オフィスビルのなかに進学塾できて消しゴムケースにおさまる人生

千一夜その幾夜目か夢のなか菓子のかけらを踏む音を聴く

曇天にいよいよ青く映え渡る金融業の屋上看板

ロープウェイ過ぎゆくたびに日は陰り芝生のふたりまた振り返る

シスレーの雪景色より立ちのぼる蒸気か夢か凍蝶の群

暴動の鎮圧されたる静けさの街を見下ろし夢は途切れる

朝なさなうぐひすが来てこんにちはハローワークの便所の窓に

笠地蔵異聞

いつの舞台の名残か　奈落に置き去りの地蔵に厚き埃が積もる
笠売りの幽霊歩むと囁かれ市場にはかに活気が戻る

笠を置きおきなのゆつくりうがひする姿が浮かぶ水場跡地に

笠要らんかェ～の声にブウと応じたる豚よ　晦日《みそか》の雪はつらいか

とりあへず売れざる笠を脇に置き幕間に急ぎ食ふ握り飯

米粒の付きたる指を順番に口に押し当て昼餉のおきな

とほざかるおきなのまるき背は笠の縁にかかりてわが視野を出づ

雪に消えゆく草鞋《わらぢ》の跡を眺むればにはかに石の心もたぎる

凍死する間際に人は自らをぐるりと囲む地蔵見るらし

市場へ向かふ荷台に地蔵六体が莫蓙の陰にて犇めき合へり

真夜中に灯油を買ひに来る男橇降り雪原ざくつと踏めり

米俵積まれゆく夢消え残るおうなの眉をくすぐる日射し

消火器の置き場が替はる　春先に奈落を歩む亡霊のため

陽を浴びてほろほろ崩るる笠地蔵いづれ死なざるたぐひも滅ぶ

笠地蔵の笠も盗《と》らるる世の末にやたら蕎麦へと振る唐辛子

地蔵の笠、今朝新品に換はれどもあはれ朱印の企業名あり

六地蔵といへば黄檗宇治方面アーチ鉄橋架かる向かうに

あとがき

この歌集は、私の第三歌集にあたる。今年、五十歳になろうとしている私のほぼ十年間の短歌が収められている。つまり四十代のときにつくった短歌である。

ただ制作期がここ十年というだけのことで、その題材となった体験はむしろそれ以前、二十代、三十代のものもある。「台湾　二〇〇四年」「尾道　一九九一年」「失業エレジー　二〇〇八年」などがそうである。

忘れがたい思い出なのか、古傷がうずくのか、前歌集『探花』で同じ題材で詠んでいたにもかかわらず、それだけではおさまらず、間歇的に記憶の表面に湧き上がってくるので、私としては以前とは別の表現で歌い直さずにはいられなかった。時間が経過したからこそ、頭のなかで整理がついて別の見え方もしてきたともいえる。

私がこれまで短歌をつづけられたのは、やはり塚本邦雄先生のおかげだろう。近畿大学での出逢いが、あまりに衝撃的だった。いまでもその波紋のなかにいる。そのころ私は学友たちの間で、どんくさい男として、ややもすると馬鹿にされる存在だった。

ところがそんな私を塚本先生はいちはやく見出してくださった。周囲の私を見る目は徐々に変わっていった。
　その塚本先生の御期待に、果たしてどこまで応えられたのか。それを思うと、はなはだ心もとなく情けなく、無念ですらある。私の短歌も、そして人生も、いつまでも前には進めず、同じところを右に左にと行ったり来たりしているようで、われながらじれったい。しかし何度も同じ眺めには戻ってくるものの、その都度、眺めの角度は確実に違ってきたはずだ。九十九折を下りてゆくときの眺めのように……。

令和二年　節分　　　　　　　　　　　　小林幹也

著者略歴

一九七〇年　千葉県船橋市に生まれる。
一九九一年　近畿大学で出逢った塚本邦雄のもとで短歌を始める。
一九九四年　「玲瓏」に入会。
一九九九年　第十回玲瓏賞を受賞。
二〇〇〇年　「塚本邦雄と三島事件」にて第十八回現代短歌評論賞受賞。
二〇〇一年　第一歌集『裸子植物』を砂子屋書房より刊行。
二〇〇九年　第二歌集『探花』を砂子屋書房より刊行。
二〇一一年　評論集『短歌定型との戦い　―塚本邦雄を継承できるか？―』を短歌研究社より刊行。
二〇一三年　兵庫県歌人クラブ副代表となる。（二〇一八年まで。）兵庫短歌賞選考委員となる。（現在に至る。）
二〇一八年　第六十五回芸術文化団体「半どんの会」文化賞（短歌部門）を受賞。

現在、歌誌「玲瓏」編集委員。近畿大学文芸学部、兵庫区文化センター（神戸市民文化振興財団）、ＮＨＫ文化センター、神戸新聞文化センター、コープカルチャー生活文化センターなどで短歌の講師をつとめる。現代歌人協会会員。

現住所：〒六六二－〇八一二 兵庫県西宮市甲東園一－二－三七 レマン甲東二〇二

飯塚書店令和歌集叢書——06

歌集『九十九折《つづらをり》』

令和二年四月二十五日　初版第一刷発行

著　者　小林《こばやし》　幹也《みきや》
発行者　飯塚　行男
発行所　株式会社　飯塚書店
http://izbooks.co.jp
〒一一二-〇〇〇二
東京都文京区小石川五-十六-四
☎　〇三（三八一五）三八〇五
FAX　〇三（三八一五）三八一〇

印刷・製本　日本ハイコム株式会社

ISBN978-4-7522-8126-9